(南宋)張炎 著

張玉田詞

廣陵書社
中國·揚州

圖書在版編目（CIP）數據

張玉田詞 / (南宋) 張炎著. -- 揚州 : 廣陵書社,
2017.8
(文華叢書)
ISBN 978-7-5554-0834-5

Ⅰ. ①張… Ⅱ. ①張… Ⅲ. ①宋詞－選集 Ⅳ.
①I222.844

中國版本圖書館CIP數據核字(2017)第212715號

ISBN 978-7-5554-0834-5

張玉田詞

著者 (南宋)張炎
責任編輯 張敏
出版人 曾學文
出版發行 廣陵書社
社址 揚州市維揚路三四九號
郵編 二二五〇〇九
電話 (〇五一四)八五二二八〇八八 八五二二八〇八九
印刷 常州市金壇古籍印刷廠有限公司
版次 二〇一七年八月第一版第一次印刷
標準書號 ISBN 978-7-5554-0834-5
定價 壹佰貳拾捌圓整(全貳册)

微信二維碼
微博二維碼

http://www.yzglpub.com E-mail:yzglss@163.com

文華叢書序

時代變遷，經典之風采不衰；文化演進，傳統之魅力更著。古人有登高懷遠之慨，今人有探幽訪勝之思。在印刷裝幀技術日新月異的今天，國粹綫裝書的踪迹愈來愈難尋覓，給傾慕傳統的讀書人帶來了不少惆悵和遺憾。我們編印《文華叢書》，實是爲喜好傳統文化的士子提供精神的享受和慰藉。

叢書立意是將傳統文化之精華萃于一編。以内容言，所選均爲經典名著，自諸子百家、詩詞散文以至蒙學讀物、明清小品，咸予收羅，經數年之積纍，已蔚然可觀。以形式言，則採用激光照排，文字大方，版式疏朗，宣紙精印，綫裝裝幀，讀來令人賞心悦目。同時，爲方便更多的讀者購買，復盡量降低成本、降低定價，好讓綫裝珍品更多地進入尋常百姓人家。

可以想象，讀者于忙碌勞頓之餘，安坐窗前，手捧一册古樸精巧的綫裝書，細細把玩，静静研讀，如沐春風，如品醇釀……此情此景，令人神往。

讀者對于綫裝書的珍愛使我們感受到傳統文化的魅力。近年來，叢書中的許多品種均一再重印。爲方便讀者閲讀收藏，特進行改版，將開本略作調整，擴大成書尺寸，以使版面更加疏朗美觀。相信《文華叢書》會赢得越來越多讀者的喜愛。

有《文華叢書》相伴，可享受高品位的生活。

廣陵書社編輯部

二〇一五年十一月

出版説明

張炎（一二四八—一三二〇？），字叔夏，號玉田、樂笑翁，又以《春水》詞著名，時人號爲『張春水』。祖籍秦州成紀（今甘肅天水、陝西寶鷄一帶），六世祖張俊（宋南渡勛臣）時遷居臨安（今杭州），曾祖張鎡、父張樞皆工詩詞。張炎出身顯貴，其家集聲伎之盛，歷五世未衰。環境優渥，耳濡目染，張炎少年時便有天資，并得傳承家學、外受名師，詩詞畫俱佳。及中年（三十二歲前後）逢宋室覆亡，家族破敗，人生隨之有了飄泊、隱居、北遊、返吴、歸隱的轉折經歷。約元英宗至治（一三二一—一三二三）初年卒。生平除詞作以外，有《詞源》二卷。

張炎論詞尊尚姜白石清空高遠一派，有意學之，清代浙西詞派并稱『姜張』爲尊，并有『家白石而户玉田』的盛况。詞論家王鵬運曾刻《雙白詞》，將《白石道人歌曲》與張炎《山中白雲詞》合稱『雙白』。談及張炎，往往與白石相較并提，其詞學風格、地位及淵源可見一斑。

詞至南宋，音律章法漸近圓熟，樂府詞、自度曲流行於時，張炎正是擅長詞律的專家，於文字上刻畫雕琢，却不妨其流麗清暢。在白石以外，轉益多師，更偏向雅正、空靈、婉麗，將與『密』相對的『疏』發展并影響後世久遠。與豐富沉浮的人生閲歷相關，張炎詞作甚富，早期多數散失，今可見者多爲中年以後所作，因此也偏向哀怨、蕭疏有餘而激憤、含蓄不足。歷來論者或推崇，或偶有微詞，以爲枯淡、膚淺（見王國維《人間詞話》、朱熹《清邃閣論詩》），可視爲旨趣之異，以及後來步武者未得其真髓、反學其弊所致（見吴梅《詞學通論》）。詞人生逢際遇、家國之思及人格情懷，可於詞中窺見，留於知音者。

張炎詞集傳世版本較少，有《山中白雲詞》八卷、《玉田詞》二卷兩大系統。《山中白雲詞》八卷，明代陶宗儀手鈔本，錢庸亭所藏，清朱彝尊録之，有龔蘅圃刻本，是較完整的版本，民國間朱孝臧復刻收入《彊村叢書》，總計其詞三百餘首。今以此爲底本編排，隨文附評，少量插圖補白增色，以饗讀者。疏謬之處，誠請不吝賜教。

廣陵書社編輯部
二〇一七年七月

目録

文華叢書序……一
出版説明……一
山中白雲詞原序（四庫全書）……一
卷一
南浦 春水……一
高陽臺 西湖春感……一
憶舊遊（看方壺擁翠）……二
淒涼犯 北遊道中寄懷……二
壺中天 夜渡黃河與沈堯道曾子敬同賦……三
聲聲慢 都下與沈堯道同賦……三
綺羅香 席間代人賦情……三
慶春宮（波蕩蘭觴）……四
國香（鶯柳烟堤）……四
臺城路（十年前事）……五
三姝媚（芙蓉城伴侶）……五
甘州（記玉關）……六
聲聲慢 爲高菊墅賦……六
掃花遊 賦高疏寮東墅園……六
瑣窗寒（斷碧分山）……七
木蘭花慢 爲越僧樵隱賦樵山……七
三姝媚 送舒亦山遊越……八
掃花遊 臺城春飲醉餘偶賦不知詞之所以然……八
臺城路 杭友抵越過監曲漁舍會飲……八
疏影（柳黃未結）……九
渡江雲（山空天入海）……九
瑣窗寒（亂雨敲春）……一〇
憶舊遊（記開簾過酒）……一〇
水龍吟 白蓮……一一
憶舊遊（嘆江潭樹老）……一一
甘州 題趙藥牖山居……一二
摸魚子 高愛山隱居……一二
風入松 賦稼村……一二
鳳凰臺上憶吹簫（水國浮家）……一三
解連環 孤雁……一三
滿庭芳 小春……一四
憶舊遊 登蓬萊閣……一四
解連環 拜陳西麓墓……一四
卷二
臺城路 寄姚江太白山陳文卿……一五

聲聲慢 送琴友季靜軒還杭 …… 一五
水龍吟 春晚留別故人 …… 一五
一萼紅 賦紅梅 …… 一六
祝英臺近 與周草窗話舊 …… 一六
月下笛（萬里孤雲） …… 一六
水龍吟 寄袁竹初 …… 一七
綺羅香 紅葉 …… 一七
洞仙歌 觀王碧山花外詞集有感 …… 一七
新雁過妝樓 賦菊 …… 一七
江神子（奇峰相對） …… 一八
塞翁吟 友雲 …… 一八
祝英臺近 耕雲 …… 一八
風入松 岫雲 …… 一八
瑤臺聚八仙 爲野舟賦 …… 一九
疏影 梅影 …… 一九
木蘭花慢 書鄧牧心東遊詩卷後 …… 二〇
風入松 陳文卿酒邊偶賦 …… 二〇
臺城路 遊北山寺 …… 二〇
還京樂 送陳行之歸吳 …… 二一
臺城路 章靜山別業會飲 …… 二一
梅子黃時雨 病後別羅江諸友 …… 二二
西子妝慢（白浪搖天） …… 二二
聲聲慢 賦漁隱 …… 二三
湘月（行行且止） …… 二三
長亭怨 爲任次山馴鷺 …… 二四
徵招 聽袁伯長琴 …… 二四
法曲獻仙音 席上聽琵琶有感 …… 二四
渡江雲 懷歸 …… 二四
鬥嬋娟 春感 …… 二五
暗香（羽音遼邈） …… 二五
玉漏遲 登無盡上人山樓 …… 二六
長亭怨（記橫笛） …… 二六

卷三

西河 依綠莊賞荷分淨字韻 …… 二七
玲瓏四犯 杭友促歸調此寄意 …… 二七
淒涼犯 過鄰家見故園有感 …… 二七
聲聲慢 別四明諸友歸杭 …… 二八
燭影搖紅（舟艤鷗波） …… 二八
憶舊遊 過故園有感 …… 二九
春從天上來（海上回槎） …… 二九
甘州 賦衆芳所在 …… 三〇
慶清朝（淺草猶霜） …… 三〇
真珠簾 梨花 …… 三一

探春慢 雪霽……三一
長亭怨 舊居有感……三四
風入松 春遊……三一
甘州 寄李筠房……三五
渡江雲 次趙元父韻……三一
又 趙文升索賦散樂妓桂卿……三五
探芳信 西湖春感寄草窗……三二
疏影 題賓月圖……三五
聲聲慢 題吴夢窗遺筆……三二
湘月 賦雲溪……三六
徵招 答仇山村見寄……三二
真珠簾 近雅軒即事……三六
甘州 餞草窗歸霅……三二
大聖樂 華春堂分韻同趙學舟賦……三六
一萼紅（製荷衣）……三三
瑞鶴仙 趙文升席上代去姬寫懷……三七
高陽臺（古木迷鴉）……三三
祝英臺近 重過西湖書所見……三七
臺城路 送周方山遊吴……三四
戀繡衾 代題武桂卿扇……三七
桂枝香 送賓月葉公東歸……三四
慶春宮 金粟洞天……三四
甘州（記當年）……三八
木蘭花慢 爲靜春賦……四一
浣溪沙（犀押重簾）……三八
玉蝴蝶 賦玉綉球花……四一
菩薩蠻（蕊香不戀）……三八
南樓令 壽邵素心席間賦……四一
四字令（鶯吟翠屏）……三八
國香 賦蘭……四一

卷四

聲聲慢（穿花省路）……三九
探春慢（列屋烘爐）……四二
杏花天 賦疏杏……三九
燭影搖紅 答邵素心……四二
醉落魄（柳侵闌角）……三九
木蘭花慢 丹谷園……四二
甘州 題戚五雲雲山圖……四〇
意難忘（風月吴娃）……四三
小重山 賦雲屋……四〇
壺中天 養拙園夜飲……四三
聲聲慢 西湖……四〇
又 賦秀野園清暉堂……四三
清波引（江濤如許）……四四
暗香 送杜景齋歸永嘉……四四

一萼紅　東季博園池在平江文廟前……四五
霜葉飛（故園空杳）……四五
憶舊遊　寄友……四六
木蘭花慢　舟中有懷澄江陸起潜皆山樓昔遊……四六
瀟瀟雨　泛江有懷袁通父唐月心……四六
臺城路　抵吴書寄舊友……四六
木蘭花慢　趙鶴心問余近況書以寄之……四七
瑤臺聚八仙　杭友寄聲以詞答意……四七
摸魚子　寓澄江喜魏書皋至……四七
壺中天（海山縹緲）……四八
風入松（危樓古鏡）……四八
數花風　別義興諸友……四八
南樓令（風雨怯殊鄉）……四九
又　送黄一峰遊靈隱……四九
淡黄柳　贈蘇氏柳兒……四九
清平樂（候蛩凄斷）……四九
虞美人（修眉刷翠）……五〇
減字木蘭花　寄車秀卿……五〇
踏莎行（柳未三眠）……五〇
南鄉子　憶春……五〇
蝶戀花　贈楊柔卿……五一
又　陸子方飲客杏花下……五一
又　賦艾花……五一
清平樂　贈處梅……五一

卷五

燭影摇紅　隔窗聞歌……五二
露華　碧桃……五二
解語花　吴子雲家姬號愛菊善歌舞忽有朝雲之感作此以寄……五二
祝英臺近　余老矣賦此爲袁鶴問……五三
瑤臺聚八仙（楚竹閑挑）……五三
滿江紅（傅粉何郎）……五三
摸魚子　別處梅……五四
南鄉子　爲處梅作……五四
南樓令（一見又天涯）……五四
醉落魄　題趙霞谷所藏吴夢窗親書詞卷……五四
壺中天　客中寄友……五五
聲聲慢　和韓竹閒韻贈歌者關關在兩水居……五五

清平樂 題處梅家藏所南翁畫蘭……五五
臺城路 餞干壽道應舉……五五
壺中天 咏周静鏡園池……五六
如夢令（隱隱烟痕）……五六
祝英臺近 寄陳直卿……五六
如夢令 題漁樂圖……五六
桂枝香（琴書半室）……五七
瑶臺聚八仙 爲焦雲隱賦……五七
又（近水横斜）……五八
又 咏鴛鴦菊……五八
西江月（花氣烘人）……五八
霜葉飛 毗陵客中聞老妓歌……五九
蝶戀花 題末色褚仲良寫真……五九
甘州 爲小玉梅賦并柬韓竹閒……五九
又 澄江陸起潛皆山樓四景……六〇
瑶臺聚八仙（屋上青山）……六〇
壺中天 月涌大江……六一
臺城路 遥岑寸碧……六一
江城子 爲滿春澤賦横空樓……六二
木蘭花慢 遊天師張公洞……六二
臺城路 爲湖天賦……六二
月下笛 寄仇山村溧陽……六二
臺城路 遷居……六三
惜紅衣 贈伎雙波……六三
滿江紅 澄江會復初李尹……六三
壺中天 送趙壽父歸慶元……六三

卷六

紅情（無邊香色）……六四
緑意（碧圓自潔）……六四
虞美人 題陳公明所藏曲册……六四
踏莎行 盧仝啜茶手卷……六五
南鄉子 杜陵醉歸手卷……六五
臨江仙 太白挂巾手卷……六五
南樓令（雲冷未全開）……六五
摸魚子（步高寒）……六六
臺城路（清時樂事）……六六
華胥引（温泉浴罷）……六七
風入松 聽琴中彈樵歌……六七
浪淘沙 秋江……六七
夜飛鵲（林霏散浮暝）……六八
風入松 爲山村賦……六八
石州慢 書所見寄子野公明……六八
清平樂 爲伯壽題四花·牡丹……六九
點絳唇 芍藥……六九

卜算子 黃葵……六九
蝶戀花 山茶……六九
新雁過妝樓（遍插茱萸）……七〇
洞仙歌 寄茅峰梁中砥……七〇
風入松 贈蔣道録溪山堂……七〇
小重山 題曉竹圖……七一
浪淘沙 題許由擲瓢手卷……七一
憶王孫 謝安棋墅……七一
蝶戀花 邵平種瓜……七一
如夢令 淵明行徑……七二
醜奴兒 子母猿……七二
浣溪沙 雙笋……七二
清平樂 平原放馬……七二
木蘭花慢（二分春到）……七二
長相思 贈別笑倩……七三
南樓令 有懷西湖且嘆客遊之漂泊……七三
清平樂 題倦耕圖……七三
滿江紅（近日衰遲）……七三

卷七

法曲獻仙音 題姜子野雪溪圖……七四
浣溪沙 寫墨水仙二紙寄曾心傳并題其上……七四
又（半面妝凝）……七四
一枝春 爲陸浩齋賦梅南……七四
水調歌頭 寄王信父……七五
南樓令 送杭友……七五
南鄉子 竹居……七五
朝中措（清明時節）……七五
采桑子（西園冷冐）……七六
阮郎歸 有懷北遊……七六
浣溪沙（艾蒳香消）……七六
風入松 閏元宵……七六
踏莎行 咏湯……七六
鷓鴣天（樓上誰將）……七七
摸魚子 春雪客中寄白香巖王信父……七七
滿江紅 己酉春日……七七
木蘭花慢（錦街穿戲鼓）……七八
又 用前韻呈王信父……七八
浪淘沙（寒食不多時）……七八
臨江仙 懷辰州教授趙學舟……七九
壺中天（繞枝倦鵲）……七九
謁金門（晚晴薄）……七九
清平樂（採芳人杳）……七九
漁家傲 病中未及過毗陵……八〇

又（辛苦移家聊處静）……八〇
壺中天 白香巖和東坡韻賦梅……八〇
南樓令 題聚仙圖……八〇
清平樂 題墨仙雙清圖……八一
浪淘沙 余畫墨水仙并題其上……八一
西江月 題墨水仙……八一
壺中天 懷雪友……八一
甘州 和袁静春入杭韻……八二
風入松 與王彦常遊會仙亭……八二
又 酌惠山泉……八二
浪淘沙 題陳汝朝百鷺畫卷……八二
祝英臺近 題陸壺天水墨蘭石……八三
臺城路（老枝無著秋聲處）……八三
卷八
長亭怨 别陳行之……八四
憶舊遊 寓毗陵有懷澄江舊友……八四
踏莎行（花引春來）……八四
浪淘沙 作墨水仙寄張伯雨……八五
西江月 同前……八五

珍珠令（桃花扇底）……八五
壺中天 壽月溪……八五
摸魚子 爲卞南仲賦月溪……八六
好事近 贈笑倩……八六
小重山 烟竹圖……八六
蝶戀花 秋鶯……八六
南樓令 壽月溪……八七
風入松 溪山竹堂……八七
踏莎行 跋伯時弟撫松寄傲詩集……八七
聲聲慢 中吴感舊……八七
又 重過垂虹……八八
又 寄葉書隱……八八
木蘭花慢 歸隱湖山書寄陸處梅……八八
清平樂（□花一葉）……八八
又 贈雲麓麓道人……八九
又 題平沙落雁圖……八九
臨江仙（翦翦春冰）……八九
思佳客 題周草窗《武林舊事》……八九
清平樂 别苗仲通……九〇
又 過金桂軒墳園……九〇
風入松（滿頭風雪）……九〇

漁歌子（□卯灣頭）……九一
又（□□□□□溪流）……九一
又（□□□□白雲多）……九一
又（□□□□半樹梅）……九一
又（□□□□□子同）……九一
又（□□□□□求魚）……九二
又（□□□□濯塵纓）……九二
又（□□□□□浮家）……九二
又（□□□□□孤村）……九二
又（□□□年酒半酣）……九二
一翦梅（悶蕊驚寒）……九三
南鄉子（野色一橋）……九三
清平樂　過吴見屠存博近詩有懷其人……九三
柳梢青　清明夜雪……九三
南歌子　陸義齋燕喜亭……九四
青玉案　閑居……九四

附録

送張叔夏西遊序　戴表元……九五
贈張玉田　仇遠……九六
又（將軍金甲明如日）……九六

山中白雲詞原序（四庫全書）

宋南渡勳王之裔子玉田張君，自社稷變置，凌烟廢墮，落魄縱飲，北遊燕薊，上公車，登承明有日矣。一日思江南菰米蓴絲，慨然襆被而歸，不入古杭，扁舟浙水東西，爲漫浪遊，散囊中千金，裝吴江楚岸、楓丹葦白，一奚童負錦囊自隨。詩有姜堯章深婉之風，詞有周清真雅麗之思，畫有趙子固瀟灑之意。未脱承平公子故態，笑語歌哭，騷姿雅骨，不以夷險變遷也。其楚狂與，其阮籍與，其賈生與，其蘇門嘯者與。歲丁酉三月，客我寧海，將登台峰，於其行也，舉觴贈言。是月既望，閬風舒岳祥八十歲書。

詞與辭字通用，《釋文》云意内而言外也。意生言，言生聲，聲生律，律生調，故曲生焉。《花間》以前無雜譜，秦周以後無雅聲，源遠而派别也。西秦玉田張君著《詞源》上下卷，推五音之數，演六六之譜，按月紀節，賦情咏物，自稱得聲律之學於守齋楊公、南溪徐公。淳祐、景定間，王邸侯館，歌舞升平，君王處樂，不知老之將至（下有缺文）。梨園白髮，濞宫蛾眉，餘情哀思，聽者淚落，君亦因是棄家客遊無方三十年矣。昔柳河東銘姜秘書閔王孫之故態，銘馬淑婦感謳者之新聲，言外之意，異世誰復知者？覽君詞卷，撫几三嘆。江陰陸文奎。

聲音之道久廢，玉田張君獨振戛乎喪亂之餘，豈特藉以怡適性情，殆將以繼其傳也。後之君子得是帙而溯之，則去希微不遠矣。況幾經兵燹，猶自璧全，非天有以寶之，能至此乎？尚德君子幸共表章，庶於好古之懷無憾焉耳。吳門孝思殷重識。

成化丙午春二月朔，偶見是帙鶴城東門藥肆中，即購得之。南村先生手鈔者，蓋百餘年矣，凡三百首，惜無録目。五月初九日輯録，以便檢閱。或笑余衰遲目眩，何不求諸善書者？曰身健在，飽食終日，豈不勝博奕乎，何計字之工拙？使得時時展玩，恍惚坐春風中，聽玉田子慷慨灑落之言笑焉。并録以記，歲月井時年六十有五。

吾識張循王孫玉田先輩，喜其三十年汗漫，南北數千里，一片空狂懷抱，日日化雨爲醉。自仰扳姜堯章、史邦卿、盧蒲江、吳夢窗諸名勝，互相鼓吹春聲於繁華世界，飄飄徵情，節節弄拍，嘲明月以謔樂，賣落花而陪笑，能令後三十年西湖錦綉山水猶生清響，不容半點新愁飛到遊人眉睫之上，自生一種歡喜痛快。豈無柔劣少年於萬花叢中，唤取新鶯稚蝶，群然飛舞，下來爲之賞聽？山外野人所南鄭思肖書於無何有之鄉。

讀《山中白雲詞》，意度超玄，律呂協洽，不特可寫音檀口，亦可被歌管薦清廟。方之古人，當與白石老仙相鼓吹。世謂詞者詩之餘，然詞尤難於詩，詞失腔猶詩落韻，詩不過四五七言而止，詞乃有四聲五音均拍重輕清濁之別，若言順律舛、律協言謬，俱非本色。或一字未合、一句皆廢，一句未妥、一闋皆不光采。信戞戞乎其難。又怪陋邦腐儒、窮鄉村叟，每以詞爲易事，酒邊興豪即引紙揮筆，動以東坡、稼軒、龍洲自況，極其至四字《沁園春》、五字《水調》、七字《鷓鴣天》《步蟾宮》，拊几擊缶，同聲附和，如梵唄、如步虛，不知宮調爲何物，令老伶俊娼，面稱好而背竊笑，是豈足與言詞哉？予幼有此癖，老頗知難，然已有三數曲流傳朋友間。山歌村謠是豈足與叔夏詞比哉？古人有言曰：鉛汞交錬而丹成，情景交錬而詞成。指迷妙訣。吾將從叔夏北面而求之。山村居士仇遠序。

卷一

南浦　春水

波暖緑粼粼，燕飛來、好是蘇堤纔曉。魚没浪痕圓，流紅去、翻笑東風難掃。荒橋斷浦，柳陰撑出扁舟小。回首池塘青欲遍，絶似夢中芳草。

和雲流出空山，甚年年净洗，花香不了。新渌乍生時，孤村路、猶憶那回曾到。餘情渺渺。茂林觴咏如今悄。前度劉郎歸去後，溪上碧桃多少。

【詞評】

周密《絶妙好詞》（道光本）：樂笑翁張炎詞如「荒橋斷浦，柳蔭撑出漁舟小」，賦春水入畫。

高陽臺　西湖春感

接葉巢鶯，平波捲絮，斷橋斜日歸船。能幾番遊，看花又是明年。東風且伴薔薇住，到薔薇、春已堪憐。更凄然。萬緑西泠，一抹荒烟。

當年燕子知何處，但苔深韋曲，草暗斜川。見説新愁，如今也到鷗邊。無心再續笙歌夢，掩重門、淺醉閑眠。莫開簾，怕見飛花，怕聽啼鵑。

【詞評】

許昂霄《詞綜偶評》：《高陽臺》淡淡寫來，泠泠自轉，此境大不易到。

王國維《人間詞話》：「自憐詩酒瘦，難應接許多春色」，「能幾番遊，看花又是明年」，此等語亦算警句耶！乃值如許筆力。

夏敬觀《映庵詞評》：叠「怕」字但滑。

憶舊遊

大都長春宮，即舊之太極宮也。

看方壺擁翠，太極垂光，積雪初晴。閶闔開黃道，正綠章封事，飛上層青。古臺半壓琪樹，引袖拂寒星。見玉冷閑坡，金明邃宇，人住深清。　幽尋。自來去，對華表千年，天籟無聲。別有長生路，看花開花落，何處無春。露臺深鎖丹氣，隔水喚青禽。尚記得歸時，鶴衣散影都是雲。

【詞評】

陳廷焯《大雅集》卷四：直是仙筆，古艷幽香，別饒感喟。

夏敬觀《吷庵詞評》：似夢窗。

淒涼犯

北遊道中寄懷

蕭疏野柳嘶寒馬，蘆花深、還見遊獵。山勢北來，甚時曾到，醉魂飛越。酸風自咽。擁吟鼻、征衣暗裂。正淒迷，天涯羈旅，不似灞橋雪。　誰念而今老，懶賦長楊，倦懷休說。空憐斷梗夢依依，歲華輕別。待擊歌壺，怕如意、和冰凍折。且行行，平沙萬里盡是月。

壺中天

夜渡古黄河與沈堯道曾子敬同賦

揚舲萬里，笑當年底事，中分南北。須信平生無夢到，却向而今遊歷。老柳官河，斜陽古道，風定波猶直。野人驚問，泛槎何處狂客。迎面落葉蕭蕭，水流沙共遠，都無行迹。衰草淒迷秋更緑，惟有閑鷗獨立。浪挾天浮，山邀雲去，銀浦横空碧。扣舷歌斷，海蟾飛上孤白。

聲聲慢

都下與沈堯道同賦

平沙催曉，野水驚寒，遥岑寸碧烟空。萬里冰霜，一夜换却西風。晴梢漸無墜葉，撼秋聲、都是梧桐。情正遠，奈吟湘賦楚，近日偏慵。客裏依然清事，愛窗深帳暖，戲揀香筒。片雲歸程，無奈夢與心同。空教故林怨鶴，掩閑門、明月山中。春又小，甚梅花、猶自未逢。

綺羅香

席間代人賦情

候館深燈，遼天斷羽，近日音書疑絶。轉眼傷心，慵看剩歌殘闋。才忘了、還著思量，待去也、怎禁離别。恨祇恨、桃葉空江，殷勤不似謝紅葉。

良宵誰念哽咽。對熏爐象尺，閑伴淒切。獨立西風，猶憶舊家時節。隨款步、花密藏春，聽私語、柳疏嫌月。今休問，燕約鶯期，夢遊空趁蝶。

慶春宮

都下寒食，遊人甚盛，水邊花外，多麗環集，各以柳圈袚禊而去，亦京洛舊事也。

波蕩蘭觴，鄰分杏酪，晝輝冉冉烘晴。罥索飛仙，戲船移景，薄遊也自忺人。短橋虛市，聽隔柳、誰家賣餳。月題爭繫，油壁相連，笑語逢迎。

池亭小隊秦箏。就地圍香，臨水湔裙。冶態飄雲，醉妝扶玉，未應閑了芳情。旅懷無限，忍不住、低低問春。梨花落盡，一點新愁，曾到西泠。

【詞評】

俞陛雲《唐五代兩宋詞選釋》：詞中蘭觴杏酪，罥索戲船，隔岸餳簫，池亭箏隊，暖風薰處，一片承平歡樂之聲，而觀其結處「新愁曾到」句，知以上所言，皆追懷往事。

國香

沈梅嬌，杭妓也，忽於京都見之。把酒相勞苦，猶能歌周清真《意難忘》《臺城路》二曲，因囑余記其事。詞成，以羅帕書之。

鶯柳烟堤。記未吟青子，曾比紅兒。嫻嬌弄春微透，鬟翠雙垂。不道留仙不住，便無夢、吹到南枝。相看兩流落，掩面凝羞，怕説當時。

凄涼歌楚詞，裊餘音不放，一朵雲飛。丁香枝上，幾度款語深期。拜了花梢淡月，最難忘、弄影牽衣。無端動人處，過了黄昏，猶道休歸。

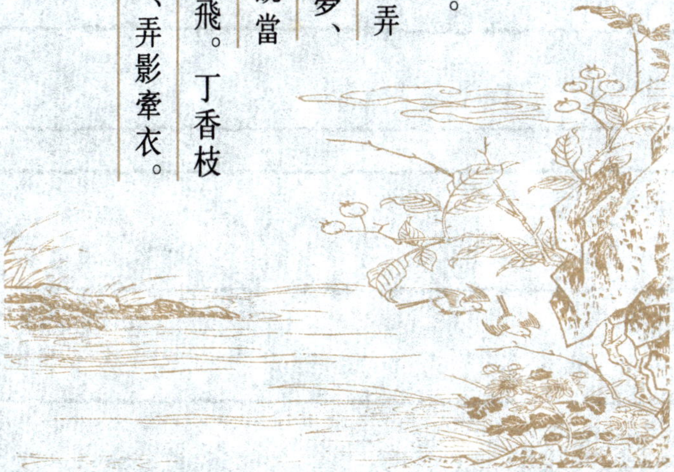

臺城路

庚寅秋九月，之北，遇江菊坡，一見若驚，相對如夢。回憶舊遊，已十八年矣。因賦此詞。

十年前事翻疑夢，重逢可憐俱老。水國春空，山城歲晚，無語相看一笑。荷衣換了。任京洛塵沙，冷凝風帽。見説吟情，近來不到謝池草。　歡遊曾步翠窈。亂紅迷紫曲，芳意今少。舞扇招香，歌橈喚玉，猶憶錢塘蘇小。無端暗惱。又幾度留連，燕昏鶯曉。回首妝樓，甚時重去好。

【詞評】

吳衡照《蓮子居詞話》卷一：陸輔之《詞旨》摘樂笑翁警句十餘條，閲《山中白雲詞》，警句殆不止此。因爲之補：十年前事堪疑夢，重逢可憐俱老。

陳廷焯《大雅集》卷四：起句魂銷。

三姝媚

海雲寺千葉杏二株，奇麗可觀，江南所無。越一日，過傅巖起清晏堂。見古瓶中數枝，云自海雲來，名芙蓉杏。因愛玩不去，巖起索賦此曲。

芙蓉城伴侶。乍卸却單衣，茜羅重護。傍水開時，細看來、渾似阮郎前度。記得小樓，聽一夜、江南春雨。夢醒簫聲，流水青蘋，舊遊何許。　誰翦層芳深貯。便洗盡長安，半面塵土。絶似桃根，帶笑痕來伴，柳枝嬌舞。莫是孤村，試與問、酒家何處。曾醉梢頭雙果，園林未暑。

甘州

辛卯歲，沈堯道同余北歸，各處杭越。逾歲，堯道來問寂寞，語笑數日，又復別去。賦此曲，并寄趙學舟。

記玉關、踏雪事清遊。寒氣脆貂裘。傍枯林古道，長河飲馬，此意悠悠。短夢依然江表，老淚灑西州。一字無題處，落葉都愁。　載取白雲歸去，問誰留楚佩，弄影中洲。折蘆花贈遠，零落一身秋。向尋常野橋流水，待招來、不是舊沙鷗。空懷感，有斜陽處，却怕登樓。

【詞評】

譚獻《復堂詞話》：（記玉關踏雪事清遊）一氣旋折，作壯詞須識此法。白石嚶求稼軒，脱胎耆卿，此中消息，願與知音人參之。

聲聲慢

爲高菊墅賦

寒花清事，老圃閑人，相看秋色霏霏。帶葉分根，空翠半濕荷衣。沅湘舊愁未減，有黃金、難鑄相思。但醉裏，把苔箋重譜，不許春知。　聊慰幽懷古意，且頻簪短帽，休怨斜暉。採摘無多，一笑竟日忘歸。從教護香徑小，似東山、還似東籬。待去隱，怕如今、不是晉時。

掃花遊

賦高疏寮東墅園

烟霞萬壑，記曲徑幽尋，霽痕初曉。緑窗窈窕。看隨花甃石，就泉通沼。幾日不來，一片蒼雲未掃。自長嘯。悵喬木荒涼，都是殘照。　碧天秋浩渺。聽虛籟泠泠，飛下孤峭。山空翠老。步仙風，怕有採芝人到。野色閑門，芳草不除更好。境深悄。比斜川，又清多少。

瑣窗寒

王碧山又號中仙，越人也。能文工詞，琢語峭拔，有白石意度，今絶響矣。余悼之玉笥山，所謂長歌之哀，過於痛哭。

斷碧分山，空簾剩月，故人天外。香留酒殢。蝴蝶一生花裏。想如今、醉魂未醒，夜臺夢語秋聲碎。自中仙去後，詞箋賦筆，便無清致。都是。淒涼意。悵玉笥埋雲，錦袍歸水，形容憔悴。料應也、孤吟山鬼。那知人、彈折素弦，黃金鑄出相思淚。但柳枝、門掩枯陰，候蛩愁暗葦。

【詞評】

俞陛雲《唐五代兩宋詞選釋》：玉田與碧山，在浙中詞苑齊名，交誼至篤，故詞極沉痛。首句分用『碧山』二字，兼有悼逝意。秋聲碎夢，盼殘魄之歸來；山鬼披蘿，想孤吟之念我。真長歌之悲也。垂老有牙琴之感者，誦此詞，爲之不怡中夜。

木蘭花慢

爲越僧樵隱賦樵山

龜峰深處隱，巖壑靜、萬塵空。任一路白雲，山童休掃，却似崆峒。祇恐爛柯人到，怕光陰、不與世間同。旋採生枝帶葉，微煎石鼎團龍。　從容。吟嘯百年翁。行樂少扶筇。向鏡水傳心，柴桑袖手，門掩清風。如何晉人去後，好林泉、都在夕陽中。禪外更無今古，醉歸明月千松。

三姝媚

送舒亦山遊越

蒼潭枯海樹。正雪竇高寒，水聲東去。古意蕭閑，問結廬人遠，白雲誰侶。賀監猶狂，還散迹、千巖風露。抱瑟空遊，都是淒涼，此愁難語。

莫趁江湖鷗鷺。怕太乙爐荒，暗消鉛虎。投老心情，未歸來何事，共成羈旅。布襪青鞋，休誤入、桃源深處。待得重逢却説，巴山夜雨。

掃花遊

台城春飲醉餘偶賦不知詞之所以然

嫩寒禁暖，正草色侵衣，野光如洗。去城數里。繞長堤是柳，釣船深艤。小立斜陽，試數花風第幾。問春意。待留取斷紅，心事難寄。

芳訊成撚指。甚遠客他鄉，老懷如此。醉餘夢裏。尚分明認得，舊時羅綺。可惜空簾，誤却歸來燕子。勝遊地。想依然、斷橋流水。

臺城路

杭友抵越過監曲漁舍會飲

春風不暖垂楊樹，吹却絮雲多少。燕子人家，夕陽巷陌，行入野畦深窈。篝花鬥草。記小舫尋芳，斷橋初曉。那日心情，幾人同向近來老。

消憂何處最好。夜深頻秉燭，猶是遲了。南浦歌闌，東林社冷，贏得如今懷抱。吟悰暗惱。待醉也慵聽，勸歸啼鳥。怕攬離愁，亂紅休去掃。

【詞評】

陸輔之《詞旨》卷下：樂笑翁奇對：『春風不奈垂楊柳，吹却絮雲多少。』

疏影

余於辛卯歲北歸，與西湖諸友夜酌，因有感於舊遊，寄周草窗。

柳黃未結。放嫩晴消盡，斷橋殘雪。隔水人家，渾是花陰，曾醉好春時節。輕車幾度新堤曉，想如今、燕鶯猶說。縱艷遊、得似當年，早是舊情都別。

重到翻疑夢醒，弄泉試照影，驚見華髮。却笑歸來，石老雲荒，身世飄然一葉。閉門約住青山色，自容與、吟窗清絕。怕夜寒、吹到梅花，休捲半簾明月。

【詞評】

俞陛雲《唐五代兩宋詞選釋》：玉田雖系出朱邸，遭逢不偶，遺行不少概見。於庚寅年自燕趙北歸，辛卯至杭州，襟懷淡泊，將以肥遁終身，可於此詞見之。

渡江雲

山陰久客，一再逢春，回憶西杭，渺然愁思。

山空天入海，倚樓望極，風急暮潮初。一簾鳩外雨，幾處閑田，隔水動春鋤。新烟禁柳，想如今、緑到西湖。猶記得、當年深隱，門掩兩三株。

愁余。荒洲古溆，斷梗疏萍，更漂流何處。空自覺、圍羞帶減，影怯燈孤。常疑即見桃花面，甚近來、翻笑無書。書縱遠，如何夢也都無。

【詞評】

鄧廷楨《雙硯齋詞話》：西泠詞客石帚而外，首數玉田。論者以爲堪與白石老仙相鼓吹，要其登堂拔幟，又自壁壘一新。蓋白石硬語盤空，時露鋒芒；玉田則返虛入渾，不啻嚼蕊吹香。如……《渡江雲》之『空自覺圍修帶減，影怯燈孤。常疑即見桃花面，甚近來翻致無書。書縱遠，如何夢也都無』。

瑣窗寒

旅窗孤寂雨意垂，買舟西渡未能也。賦此爲錢塘故人韓竹閒問。

亂雨敲春，深烟帶晚，水窗慵凭。空簾謾捲，數日更無花影。怕依然、舊時燕歸，定應未識江南冷。最憐他、樹底蔫紅，不語背人吹盡。　清潤。通幽徑。待移燈翦韭，試香温鼎。分明醉裏，過了幾番風信。想竹間、高閣半開，小車未來猶自等。傍新晴、隔柳呼船，待教潮信穩。

憶舊遊

新朋故侶，詩酒遲留，吴山蒼蒼渺渺兮，余懷也。寄沈堯道諸公。

記開簾過酒，隔水懸燈，款語梅邊。未了清遊興，又飄然獨去，何處山川。淡風暗收榆莢，吹下沈郎錢。嘆客裏光陰，消磨艷冶，都在尊前。　留連。殢人處，是鏡曲窺鶯，蘭皐圍泉。醉拂珊瑚樹，寫百年幽恨，分付吟箋。故鄉幾回飛夢，江雨夜凉船。縱忘却歸期，千山未必無杜鵑。

【詞評】

俞陛雲《唐五代兩宋詞選釋》：原題云：「新朋舊侶，醉酒遲留。」未言所贈何人，蓋懷友兼懷鄉而作。「淡風榆錢」句寫春盡，語頗清新。「客裏光陰」三句包含多少情懷，頗似《片玉詞》。下闋「故園」二句有遠韻。結句意謂耕山釣水，未必無箕潁其人，故取喻杜鵑，而自談遲留也。

水龍吟

白蓮

仙人掌上芙蓉，涓涓猶濕金盤露。輕妝照水，纖裳玉立，飄飄似舞。幾度消凝，滿湖烟月，一汀鷗鷺。記小舟夜悄，波明香遠，渾不見、花開處。　應是浣紗人妒。褪紅衣、被誰輕誤。閑情淡雅，冶容清潤，憑嬌待語。隔浦相逢，偶然傾蓋，似傳心素。怕湘皋佩解，緑雲十里，捲西風去。

憶舊遊

余離群索居，與趙元父一別四載。癸巳春，於古杭見之，形容憔悴，故態頓消。以余之況味，又有甚於元父者，抑重余之惜。因賦此調，且寄元父，當爲余愀然而悲也。

嘆江潭樹老，杜曲門荒，同賦飄零。乍見翻疑夢，對蕭蕭亂髮，都是愁根。秉燭故人歸後，花月鎖春深。縱草帶堪題，爭如片葉，能寄殷勤。　重尋。已無處。尚記得依稀，柳下芳鄰。佇立香風外，抱孤愁凄惋，羞燕慚鶯。俯仰十年前事，醉後醒還驚。又曉日千峰，涓涓露濕花氣生。

【詞評】

俞陛雲《唐五代兩宋詞選釋》：玉田與趙元父重遇於杭州，年老途窮，兩人况味相似。上闋歷敘身世同悲，殷勤贈句。下闋尤爲沉鬱。『鬱燕慚鶯』句蓋自愧回天無力，空有驚坐之狂談。醒後曉起，春日照千峰，露濃花發，世間已换一番氣象，誰顧江潭殘客耶！

甘州

題趙藥牖山居

見天地心、怡顏、小柴桑，皆其亭名。

倚危樓、一笛翠屏空，萬里見天心。度野光清峭，晴峰涌日，冷石生雲。簾捲小亭虛院，無地不花陰。徑曲知何處，春水泠泠。　嘯傲柴桑影裏，且怡顏莫問，誰古誰今。任燕留鷗住，聊復慰幽情。愛吾廬、點塵難到，好林泉、都付與閑人。還知否，元來卜隱，不在山深。

摸魚子

高愛山隱居

愛吾廬、傍湖千頃，蒼茫一片清潤。晴嵐暖翠融融處，花影倒窺天鏡。沙浦迴。看野水涵波，隔柳橫孤艇。眠鷗未醒。甚占得蓴鄉，都無人見，斜照起春暝。　還重省。豈料山中秦晉。桃源今度難認。林間即是長生路，一笑元非捷徑。深更靜。待散髮吹簫，跨鶴天風冷。憑高露飲。正碧落塵空，光搖半壁，月在萬松頂。

風入松

賦稼村

老來學圃樂年華。茅屋短籬遮。兒孫戲逐田翁去，小橋橫、路轉三叉。細雨一犁春意，西風萬寶生涯。　攜笻猶記度晴沙。流水帶寒鴉。門前少得寬閑地，繞平疇、盡是桑麻。却笑牧童遥指，杏花深處人家。

鳳凰臺上憶吹簫

趙主簿，姚江人也。風流蘊藉，放情花柳，老之將至，況味凄然。以其號孤篷，囑余賦之。

水國浮家，漁村古隱，浪遊慣占花深。猶記得、琵琶半面，曾濕衫青。不道江空歲晚，桃葉渡、還嘆飄零。因乘興，醉夢醒時，却是山陰。

投閑倦呼儔侶，竟棹入蘆花，俗客難尋。風渺渺、雲拖暮雪，獨釣寒清。遠溯流光萬里，渾錯認、片竹寰瀛。元來是、天上太乙真人。

解連環

孤雁

楚江空晚。悵離群萬里，恍然驚散。自顧影、欲下寒塘，正沙净草枯，水平天遠。寫不成書，衹寄得、相思一點。料因循誤了，殘氈擁雪，故人心眼。

誰憐旅愁荏苒。謾長門夜悄，錦箏彈怨。想伴侶、猶宿蘆花，也曾念春前，去程應轉。暮雨相呼，怕驀地、玉關重見。未羞他、雙燕歸來，畫簾半捲。

【詞評】

孔齊《至正直記》：前堂張叔夏，嘗賦孤雁詞，有「寫不成書，衹寄得、相思一點」，人皆稱曰「張孤雁」。

陳匪石《宋詞舉》：此爲咏物之作。南宋人最講寄托，於小中見大，如《樂府補題》所載者。玉田尤以刻畫新警爲工。首句側入。「悵離群」九字，神來之筆，亦全篇作意。「自顧影」三句，「驚散」後情境，借「顧影」寫「孤」字之神，妙在有情。

滿庭芳 小春

晴皎霜花，曉熔冰羽，開簾覺道寒輕。誤聞啼鳥，生意又園林。閑了淒涼賦筆，便而今、不聽秋聲。消凝處，一枝借暖，終是未多情。 陽和能幾許，尋紅探粉，也恁忺人。笑鄰娃痴小，料理護花鈴。却怕驚回睡蝶，恐和他、草夢都醒。還知否，能消幾日，風雪灞橋深。

憶舊遊 登蓬萊閣

問蓬萊何處，風月依然，萬里江清。休説神仙事，便神仙縱有，即是閑人。笑我幾番醒醉，石磴掃松陰。任狂客難招，採芳難贈，且自微吟。 俯仰成陳迹。嘆百年誰在，闌檻孤憑。海日生殘夜，看卧龍和夢，飛入秋冥。還聽水聲東去，山冷不生雲。正目極空寒，蕭蕭漢柏愁茂陵。

解連環 拜陳西麓墓

句章城郭。問千年往事，幾回歸鶴。嘆貞元、朝士無多，又日冷湖陰，柳邊門鑰。向北來時，無處認、江南花落。縱荷衣未改，病損茂陵，總是離索。 山中故人去却。但碑寒峴首，舊景如昨。悵二喬、空老春深，正歌斷簾空，草暗銅雀。楚魄難招，被萬疊、閑雲迷著。料猶是、聽風聽雨，郎吟夜壑。

卷二

臺城路

寄姚江太白山陳文卿

薛濤箋上相思字，重開又還重摺。載酒船空，眠波柳老，一縷離痕難折。虛沙動月。嘆千里悲歌，唾壺敲缺。却說巴山，此時懷抱那時節。寒香深處話別。病來渾瘦損，懶賦情切。太白閑雲，新豐舊雨，多少英遊消歇。回潮似咽。送一點秋心，故人天末。江影沈沈，露涼鷗夢闊。

【詞評】

陳廷焯《雲韶集》卷九：《臺城路》（《寄太白山人陳又新》）「虛沙動月」四字精煉。字字感慨，句句閑雅。「闊」字妙。

陳廷焯《大雅集》卷四：疏裏閑雅，其可與白石老仙相鼓吹。「闊」字有精神。

聲聲慢

送琴友季靜軒還杭

荷衣消翠，蕙帶餘香，燈前共語生平。苦竹黃蘆，都是夢裏遊情。西湖幾番夜雨，怕如今、冷却鷗盟。倩寄遠，見故人說道，杜老飄零。難挽清風飛佩。有相思都在，斷柳長汀。此別何如，一笑寫入瑤琴。天空水雲變色，任愔愔、山鬼愁聽。興未已，更何妨、彈到廣陵。

水龍吟

春晚留別故人

亂紅飛已無多，艷遊終是如今少。一番雨過，一番春減，催人漸老。倚檻調鶯，捲簾收燕，故園空杳。奈關愁不住，悠悠萬里，渾恰似、天涯草。不擬相逢古道。才疑夢、又還驚覺。清風在柳，江搖白浪，舟行趁曉。遮莫重來，不如休去，怎堪懷抱。那知又、五柳門荒，曾聽得、鵑啼了。

一萼紅

賦紅梅

倚闌干。問綠華何事，偷餌九還丹。浣錦溪邊，餐霞竹裏，翠袖不倚天寒。照芳樹、晴光泛曉，護幺鳳、無處認冰顏。露洗春腴，風搖醉魄，聽笛江南。　樹挂珊瑚冷月。嘆玉奴妝褪，仙掾詩慳。謾覓花雲，不同梨夢，推篷恍記孤山。步夜雪、前村問酒，幾消凝、把做杏花看。得似古桃流水，不到人間。

祝英臺近

與周草窗話舊

水痕深，花信足，寂寞漢南樹。轉首青陰，芳事頓如許。不知多少消魂，夜來風雨。猶夢到、斷紅流處。　最無據。長年息影空山，愁入庾郎句。玉老田荒，心事已遲暮。幾回聽得啼鵑，不如歸去。終不似、舊時鸚鵡。

月下笛

孤遊萬竹山中，閑門落葉，愁思黯然，因動黍離之感。時寓甬東積翠山舍。

萬里孤雲，清遊漸遠，故人何處。寒窗夢裏，猶記經行舊時路。連昌約略無多柳，第一是、難聽夜雨。謾驚回淒悄，相看燭影，擁衾誰語。　張緒。歸何暮。半零落，依依斷橋鷗鷺。天涯倦旅，此時心事良苦。祇愁重灑西州淚，問杜曲、人家在否。恐翠袖、正天寒，猶倚梅花那樹。

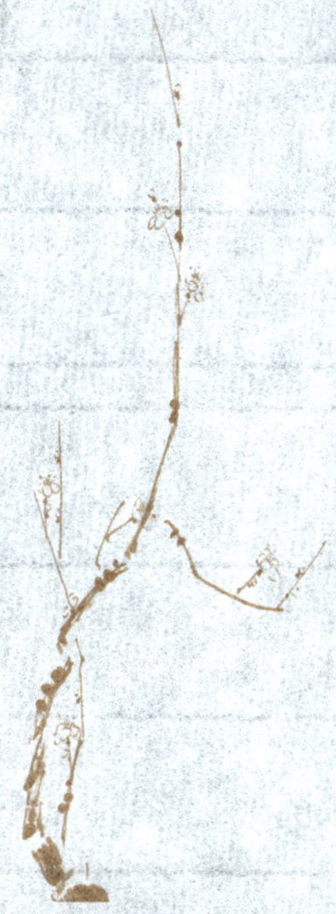

水龍吟

寄袁竹初

幾番問竹平安，雁書不盡相思字。籬根半樹，村深孤艇，闌干屢倚。遠草兼雲，凍河膠雪，此時行李。望去程無數，并州回首，還又渡、桑乾水。笑我曾遊萬里。甚匆匆、便成歸計。江空歲晚，栖遲猶在，吴頭楚尾。疏柳經寒，斷槎浮月，依然憔悴。待相逢、説與相思，想亦在、相思裏。

綺羅香

紅葉

萬里飛霜，千林落木，寒艷不招春妒。楓冷吴江，獨客又吟愁句。正船艤、流水孤村，似花繞、斜陽歸路。甚荒溝、一片淒凉，載情不去載愁去。長安誰問倦旅。羞見衰顔借酒，飄零如許。謾倚新妝，不入洛陽花譜。爲回風、起舞尊前，盡化作、斷霞千縷。記陰陰、緑遍江南，夜窗聽暗雨。

洞仙歌

觀王碧山花外詞集有感

野鵑啼月，便角巾還第。輕擲詩瓢付流水。最無端、小院寂歷春空，門自掩，柳髮離離如此。可惜歡娛地。雨冷雲昏，不見當時譜銀字。舊曲怯重翻，總是離愁，淚痕灑、一簾花碎。夢沈沈、知道不歸來，尚錯問桃根，醉魂醒未。

新雁過妝樓

賦菊

風雨不來，深院悄、清事正滿東籬。杖藜重到，秋氣冉冉吹衣。瘦碧飄蕭搖露梗，膩黄秀、野拂霜枝。憶芳時。翠微喚酒，江雁初飛。湘潭無人吊楚，嘆落英自採，誰寄相思。淡泊生涯，聊伴老圃斜暉。寒香應遍故里，想鶴怨山空猶未歸。歸何晚，問徑松不語，衹有花知。

江神子

孫虛齋作四雲庵，俾余賦之，□兩雲之間。

奇峰相對接珠庭。乍微晴。又微陰。舍北江東，如蓋自亭亭。翻笑天台連雁蕩，隔一片，不逢君。

此中幽趣許誰鄰。境雙清。人獨清。採藥難尋，童子語山深。絶似醉翁遊樂意，林壑靜、聽泉聲。

塞翁吟

友雲

交到無心處，出岫細話幽期。看流水、意俱遲。且淡薄相依。凌霄未肯從龍去，物外共鶴忘機。迷古洞，掩晴暉。翠影濕行衣。

飛飛。垂天翼，飄然萬里，愁日暮、佳人未歸。尚記得、巴山夜雨，耿無語、共説生平，都付陶詩。休題五朵，莫夢陽臺，不贈相思。

祝英臺近

耕雲

占寬閑，鋤浩渺。船艤水村悄。非霧非烟，生氣覆瑤草。蒙茸數畝春陰，夢魂落寞，知踏碎、梨花多少。

聽孤嘯。山淺種玉人歸，縹緲度晴峭。鶴下芝田，五色散微照。笑他隔浦誰家，半江疏雨，空吟斷、一犁清曉。

風入松

岫雲

捲舒無意入虛玄。丘壑伴雲烟。石根清氣千年潤，覆孤松、深護啼猿。靄靄靜隨仙隱，悠悠閑對僧眠。

傍花懶向小溪邊。空谷覆流泉。浮蹤自感今如此，已無心、萬里行天。記得晉人歸去，御風飛過斜川。

瑤臺聚八仙 爲野舟賦

帶雨春潮。人不渡、沙外曉色迢遥。自横深静，誰見隔柳停橈。知我知魚未是樂，轉篷閑趁白鷗招。任風飄。夜來酒醒，何處江臯。

泛宅浮家更好，度菰蒲影裏，濯足吹簫。坐閲千帆，空競萬里波濤。他年五湖訪隱，第一是吴淞第四橋。玄真子、共遊烟水，人月俱高。

疏影 梅影

黄昏片月。似碎陰滿地，還更清絶。枝北枝南，疑有疑無，幾度背燈難折。依稀倩女離魂處，緩步出、前村時節。看夜深、竹外横斜，應妒過雲明滅。

窺鏡蛾眉淡抹。爲容不在貌，獨抱孤潔。莫是花光，描取春痕，不怕麗譙吹徹。還驚海上然犀去，照水底、珊瑚如活。做弄得、酒醒天寒，空對一庭香雪。

【詞評】

周濟《宋四家詞選序論》：玉田才本不高，專恃磨礱雕琢，裝頭作脚，處處妥當。後人翕然宗之。然如《南浦》之賦「春水」，《疏影》之賦「梅影」，逐韻湊成，毫無脉絡，而户誦不已，真耳食也。

陳廷焯《雲韶集》卷九：《疏影》（《梅影》）起筆實寫影字，正妙不假敷佐，何等筆力。處處見筆力。清虚騷雅，竟似白石。

木蘭花慢

書鄧牧心東遊詩卷後

採芳洲薜荔，流水外、白鷗前。度萬壑千巖，晴嵐暖翠，心目娟娟。山川。自今自古，怕依然。認得米家船。明月閑延夜語，落花靜擁春眠。　吟邊。象筆鑾箋。清絶處、小留連。正寂寂江潭，樹猶如此，那更啼鵑。居廛。閉門隱几，好林泉，都在卧遊邊。記得當時舊事，誤人却是桃源。

風入松

陳文卿酒邊偶賦

小窗晴碧颭簾波。晝影舞飛梭。惜春休問花多少，柳成陰、春已無多。金字初尋小扇，銖衣早試輕羅。　園林未肯受清和。人醉牡丹坡。嘯歌且盡平生事，問東風、畢竟如何。燕子尋常巷陌，酒邊莫唱西河。

臺城路

遊北山寺

雲多不記山深淺，人行半天巖壑。曠野飛聲，虛空倒影，松挂危峰疑落。流泉噴薄。自窈窕尋源，引瓢孤酌。倦倚高寒，少年遊事老方覺。　幽尋閑院邃閣。樹涼僧坐夏，翻笑行樂。近竹驚秋，穿蘿誤晚，都把塵緣消却。東林似昨。待學取當年，晋人曾約。童子何知，故山空放鶴。

還京樂

送陳行之歸吳

醉吟處。多是琴尊，竟日松下語。有筆床茶竈，瘦筇相引，逢花須住。正翠陰迷路，年光荏苒成孤旅。待趁燕檣，休忘了、玄都前度。　漸烟波遠，怕五湖凄冷，佳人袖薄，修竹依依日暮。知他甚處重逢，便匆匆、背潮歸去。莫因循、誤了幽期，應孤舊雨。佇立山風晚，月明摇碎江樹。

【詞評】

《詞譜》卷三十一：此詞與周（邦彥）詞校，前段第九句四字，結句七字，又换頭句不押韻。異。

臺城路

章静山別業會飲

一窗烟雨不除草。移家静藏深窈。東晉圖書，南山杞菊，誰識幽居懷抱。疏陰未掃。嘆喬木猶存，易分殘照。慷慨悲歌，故人多向近來老。　相逢何事欠早。愛吟心共苦，此意難表。野水無鷗，閑門斷柳，不滿清風一笑。荷衣製了。待尋壑經丘，泝雲孤嘯。學取淵明，抱琴歸去好。

梅子黃時雨

病後別羅江諸友

流水孤村，愛塵事頓消，來訪深隱。向醉裏誰扶，滿身花影。鷗鷺相看如瘦，近來不是傷春病。嗟流景。竹外野橋，猶繫烟艇。　誰引斜川歸興。便啼鵑縱少，無奈時聽。待棹擊空明，魚波千頃。彈到琵琶留不住，最愁人是黃昏近。江風緊。一行柳陰吹暝。

【詞評】

俞陛雲《唐五代兩宋詞選釋》：題云因病中懷歸而作，實則因避世而思歸，即鷗鷺亦知其不爲傷春而病也。醉裏扶花，烟中繫艇，預想還鄉風味，何等蕭閑。而心中則凉絲彈罷，怕近黃昏，憔悴柳枝，豈能耐江風之嚴緊？艱危身世，望衡宇而欣奔，有情不自禁者。處處借景書懷，殊有手揮目送之妙。

西子妝慢

吴夢窗自製此曲，余喜其聲調妍雅，久欲述之而未能。甲午春，寓羅江，與羅景良野遊江上。綠陰芳草，景況離離，因填此解。惜舊譜零落，不能倚聲而歌也。

白浪搖天，青陰漲地，一片野懷幽意。楊花點點是春心，替風前、萬花吹淚。遥岑寸碧。有誰識、朝來清氣。自沈吟、甚流光輕擲，繁華如此。　斜陽外。隱約孤村，隔塢閑門閉。漁舟何似，莫歸來、想桃源、路通人世。危橋静倚。千年事、都消一醉。謾依依，愁落鵑聲萬里。

【詞評】

先著《詞潔》卷四：「楊花點點是春心，替風前、萬花垂淚。」此詞家李長吉嘔心得來。必如是，方謂之造句。嘔心之句，妙在絶不傷氣。此其脱胎於堯章也。其餘諸公便不能。

聲聲慢

賦漁隱

門當竹徑，鷺管苔磯，烟波自有閑人。棹入孤村，落照正滿寒汀。桃花遠迷洞口，想如今、方信無秦。醉夢醒，向滄浪容與，浄濯蘭纓。

欸乃一聲歸去，對筆床茶竈，寄傲幽情。雨笠風蓑，古意謾説玄真。知魚淡然自樂，釣清名、空在絲綸。笑未已，笑嚴陵、還笑渭濱。

湘月

余載書往來山陰道中，每以事奪，不能盡興。戊子冬晚，與徐平野、王中仙曳舟溪上。天空水寒，古意蕭颯。中仙有詞雅麗，平野作《晋雪圖》，亦清逸可觀。余述此調，蓋白石《念奴嬌》鬲指聲也。

行行且止。把乾坤收入，篷窗深裏。星散白鷗三四點，數筆横塘秋意。岸觜衝波，籬根受葉，野徑通村市。疏風迎面，濕衣原是空翠。

堪嘆敲雪門荒，争棋墅冷，苦竹鳴山鬼。縱使如今猶有晋，無復清遊如此。落日沙黄，遠天雲淡，弄影蘆花外。幾時歸去，翦取一半烟水。

【詞評】

陳廷焯《大雅集》卷四：胸襟高曠，氣象超逸，可與白石把臂入林。

長亭怨

為任次山賦馴鷺

笑海上、白鷗盟冷。飛過前灘，又顧秋影。似我知魚，亂蒲流水動清飲。歲華空老，猶一縷、柔絲戀頂。慵憶鴛行，想應是、朝回花徑。　人靜。悵離群日暮，都把野情消盡。山中舊隱。料獨樹、尚懸蒼暝。引殘夢、直上青天，又何處、溪風吹醒。定莫負、歸舟同載，烟波千頃。

徵招

聽袁伯長琴

秋風吹碎江南樹，石床自聽流水。別鶴不歸來，引悲風千里。餘音猶在耳。有誰識、醉翁深意。去國情懷，草枯沙遠，尚鳴山鬼。　客裏。可消憂，人間世、寥寥幾年無此。杳老古壇荒，把凄涼空指。心塵聊更洗。傍何處、竹邊松底。共良夜，白月紛紛，領一天清氣。

法曲獻仙音

席上聽琵琶有感

雲隱山暉，樹分溪影，未放妝臺簾捲。篝密籠香，鏡圓窺粉，花深自然寒淺。正人在、銀屏底，琵琶半遮面。　語聲軟。且休彈、玉關愁怨。怕喚起西湖，那時春感。楊柳古灣頭，記小憐、隔水曾見。聽到無聲，謾贏得、情緒難翦。把一襟心事，散入落梅千點。

渡江雲

懷歸

江山居未定，貂裘已敝，空自帶愁歸。亂花流水外，訪里尋鄰，都是可憐時。橋邊燕子，似軟語、斜日江蘺。休問我、如今心事，錯認鏡中誰。　還思。新烟驚換，舊雨難招，做不成春意。渾未省、誰家芳草，猶夢吟詩。一株古柳觀魚港，傍清深、足可幽栖。閑趣好，白鷗尚識天隨。

鬥嬋娟

春感

舊家池沼。尋芳處、從教飛燕頻繞。一灣柳護水房春，看鏡鸞窺曉。暈宿酒、雙蛾淡掃。羅襦飄帶腰圍小。盡醉方歸去，又暗約、明朝鬥草。誰解先到。

心緒亂若晴絲，那回遊處，墜紅爭戀殘照。近來心事漸無多，尚被鶯聲惱。便白髮、如今縱少。情懷不似前時好。謾伫立、東風外，愁極還醒，背花一笑。

【詞評】

梁啓勛《詞學》下編：玉田乃落魄王孫，過故園而興感之作，集中數見。此詞全首不敘今日之滿目荒涼，但寫前時之賞心樂事，是後以『愁極酒醒，背花一笑』二語兜轉，倍覺凄涼，此與杜工部『憶昔開元全盛日』至『叔孫禮樂蕭何律』一段，同一章法。

暗香

海濱孤寂，有懷秋江、竹閑二友。

羽音遼邈。怪四檐晝悄，近來無鵲。木葉吹寒，極目凝思倚江閣。不信相如便老，猶未減、當時遊樂。但趁他、鬥草籌花，終是帶離索。

憶昨。更情惡。謾認著梅花，是君還錯。石床冷落。閑掃松陰與誰酌。一自飄零去遠，幾誤了、燈前深約。縱到此、歸未得，幾曾忘却。

玉漏遲

登無盡上人山樓

竹多塵自掃。幽通徑曲，禪房深窈。空翠吹衣，坐對閑雲舒嘯。寒木猶懸故葉，又過了、一番殘照。經院悄。詩夢正迷，獨憐衰草。幽趣盡屬閑僧，渾未識人間，落花啼鳥。呼酒憑高，莫問四愁三笑。可惜秦山晉水，甚却向、此時登眺。清趣少。那更好遊人老。

長亭怨

歲庚寅，會吴菊泉於燕薊。越八年，再會於甬東。未幾别去，將復之北，遂作此曲。

記橫笛、玉關高處。萬里沙寒，雪深無路。破却貂裘，遠遊歸後與誰譜。故人何許。渾忘了、江南舊雨。不擬重逢，應笑我、飄零如羽。同去。釣珊瑚海樹。底事又成行旅。烟篷斷浦。更幾點、戀人飛絮。如今又、京洛尋春，定應被、薇花留住。且莫把孤愁，説與當時歌舞。

【詞評】

《詞譜》卷二十五：此詞前段第七句較姜（夔）詞添一字，第八句較姜詞减一字，前段第六句、後段第二句、第四句皆押韻，較姜詞多三韻。按張别首『跨匹馬，東瀛烟樹』詞，正與此同。

卷三

西河

依綠莊賞荷分净字韻

花最盛。西湖曾泛烟艇。鬧紅深處小秦箏，斷橋夜飲。鴛鴦水宿不知寒，如今翻被驚醒。　那時事、都倦省。闌干來此閑憑。是誰分得半機雲，恍疑晝錦。想當飛燕皺裙時，舞盤微墮珠粉。　軟波不翦素練净。碧盈盈、移下秋影。醉裏玉書難認。且脱巾露髮，飄然乘興。一葉浮香天風冷。

玲瓏四犯

杭友促歸調此寄意

流水人家，乍過了斜陽，一片蒼樹。怕聽秋聲，却是舊愁來處。因甚尚客殊鄉，自笑我、被誰留住。問種桃、莫是前度。不擬桃花輕誤。　少年未識相思苦。最難禁、此時情緒。行雲暗與風流散，方信別淚如雨。何况夜鶴帳空，怎奈向、如今歸去。更可憐，閑裏白了頭，還知否。

凄凉犯

過鄰家見故園有感

西風暗翦荷衣碎，柔絲不解重緝。荒烟斷浦，晴暉歷亂，半江摇碧。悠悠望極。　忍獨聽、秋聲漸急。更憐他、蕭條柳髮，相與動秋色。　老態今如此，猶自留連，醉筇遊屐。不堪瘦影，渺天涯、盡成行客。因甚忘歸，謾吹裂、山陽夜笛。夢三十六陂流水去未得。

聲聲慢

別四明諸友歸杭

山風古道，海國輕車，相逢祇在東瀛。淡薄秋光，恰似此日遊情。休嗟鬢絲斷雪，喜閑身、重渡西泠。又溯遠，趁回潮拍岸，斷浦揚舲。　莫向長亭折柳，正紛紛落葉，同是飄零。　舊隱新招，知住第幾層雲。疏籬尚存晉菊，想依然、認得淵明。待去也，最愁人、猶戀故人。

燭影搖紅

西浙冬春間，遊事之盛，惟杭爲然。余冉冉老矣，始復歸杭。與二三友行歌雲舞綉中，亦清時之可樂，以詞寫之。

舟艤鷗波，訪鄰尋里愁都散。老來猶似柳風流，先露看花眼。閑把花枝試揀。笑盈盈，和香待翦。也應回首，紫曲門荒，當年遊慣。　簾鼓黃昏，動人心處情無限。錦街不甚月明多，早已驕塵滿。纔過風柔夜暖。漸迤邐、芳程遞趲。向西湖去，那裏人家，依然鶯燕。

憶舊遊

過故園有感

記凝妝倚扇，笑眼窺簾，曾款芳尊。步屧交枝徑，引生香不斷，流水中分。忘了牡丹名字，和露撥花根。甚杜牧重來，買栽無地，都是消魂。　空存。斷腸草，伴幾摺眉痕，幾點啼痕。鏡裏芙蓉老，問如今何處，綰綠梳雲。怕有舊時歸燕，猶自識黄昏。待説與羈愁，遥知路隔楊柳門。

【詞評】

俞陛雲《唐五代兩宋詞選釋》：張循王故宅在臨安，擅池臺花木之勝。玉田在鄰家，遥望故園，回思當日牡丹亭畔，歌筵盛況，舊主重來，望廬思人，不盡家國滄桑之感。燕歸已近黄昏，猶人歸已經易世，而垂楊路隔，等燕子之無家，宜其長言咏嘆也。

春從天上來

己亥春，復回西湖，飲静傳董高士樓，作此解，以寫我憂。

海上回槎。認舊時鷗鷺，猶戀蒹葭。影散香消，水流雲在，疏樹十里寒沙。難問錢塘蘇小，都不見、擘竹分茶。更堪嗟。似荻花江上，誰弄琵琶。　烟霞。自延晚照，盡換了西林，窈窕紋紗。蝴蝶飛來，不知是夢，猶疑春在鄰家。一掬幽懷難寫，春何處、春已天涯。減繁華。是山中杜宇，不是楊花。

【詞評】

陳廷焯《大雅集》卷四：後半極沉鬱。讀玉田詞者，貴取其沉鬱處。徒賞其一字一句之工，遂驚嘆欲絶，轉失玉田矣。

甘州

賦衆芳所在

看涓涓、兩水自東西，中有百花莊。步交枝徑裏，簾分晝影，窗聚春香。依約誰教鸚鵡，列屋帶垂楊。方喜閑居好，翻爲詩忙。

多少周情柳思，向一丘一壑，留戀年光。又何心逐鹿，蕉夢正錢塘。且休將、扇塵輕障，萬山深、不是舊河陽。無人識，牡丹開處，重見韓湘。

慶清朝

韓亦顔歸隱兩水之濱，殆未遜王右丞茱萸沜。余從之遊，盤花旋竹，散懷吟眺，一任所適。太白去後，三百年無此樂也。

淺草猶霜，融泥未燕，晴梢潤葉初乾。閑扶短策，鄰家小聚清歡。錯認籬根是雪，梅花過了一番寒。風還峭，較遲芳信，恰是春殘。

此境此時此意，待移琴獨去，石冷慵彈。飄飄爽氣，飛鳥相與俱還。醉裏不知何處，好詩盡在夕陽山。山深杳，更無人到，流水花間。

【詞評】

俞陛雲《唐五代兩宋詞選釋》：此詞以上下闋之後段爲精，落梅誤雪及「春殘」句，見詞心之清妙。結處「夕陽山」七字，可稱名句。「山深杳」三句，極超脫。惟第二句「燕」字，似覺未穩。

真珠簾 梨花

緑房幾夜迎清曉，光搖動、素月溶溶如水。惆悵一株寒，記東闌閑倚。近日花邊無舊雨，便寂寞、何曾吹淚。燭外。謾羞得紅妝，而今猶睡。

琪樹皎立風前，萬塵空、獨挹飄然清氣。雅淡不成嬌，擁玲瓏春意。落寞雲深詩夢淺，但一似、唐昌宮裏。元是。是分明錯認，當時玉蕊。

探春慢 雪霽

銀浦流雲，緑房迎曉，一抹墻腰月淡。暖玉生烟，懸冰解凍，碎滴瑶階如霰。纔放些晴意，早瘦了、梅花一半。也知不做花看，東風何事吹散。

搖落似成秋苑。甚釀得春來，怕教春見。野渡舟回，前村門掩，應是不勝清怨。次第尋芳去，灞橋外、蕙香波暖。猶妒檐聲，看燈人在深院。

風入松 春遊

一春不是不尋春。終是不忺人。好懷漸向中年減，對歌鐘、渾没心情。短帽怕粘飛絮，輕衫厭撲遊塵。

暖香十里軟鶯聲。小舫緑楊陰。夢隨蝴蝶飄零後，尚依依、花月關心。惆悵一株梨雪，明年甚處清明。

渡江雲 次趙元父韻

錦香繚繞地，深燈挂壁，簾影浪花斜。酒船歸去後，轉首河橋，那處認紋紗。重盟鏡約，還記得、前度秦嘉。惟祇有、葉題堪寄，流不到天涯。

驚嗟。十年心事，幾曲闌干，想蕭娘聲價。閑過了、黄昏時候，疏柳啼鴉。浦潮夜涌平沙白，問斷鴻、知落誰家。書又遠，空江片月蘆花。

探芳信

西湖春感寄草窗

坐清晝。正治思縈花，餘醒倦酒。甚採芳人老，芳心尚如舊。消魂忍說銅駝事，不是因春瘦。向西園，竹掃頹垣，蔓蘿荒甃。　風雨夜來驟。嘆歌冷鶯簾，恨凝蛾岫。愁到今年，多似去年否。舊情懶聽山陽笛，目極空搔首。我何堪，老卻江潭漢柳。

聲聲慢

題吳夢窗遺筆

烟堤小舫，雨屋深燈，春衫慣染京塵。舞柳歌桃，心事暗惱東鄰。渾疑夜窗夢蝶，到如今、猶宿花陰。待喚起，甚江蘺搖落，化作秋聲。　回首曲終人遠，黯消魂、忍看朵朵芳雲。潤墨空題，惆悵醉魄難醒。獨憐水樓賦筆，有斜陽、還怕登臨。愁未了，聽殘鶯、啼過柳陰。

徵招

答仇山村見寄

可憐張緒門前柳，相看頓非年少。三徑已荒凉，更如今懷抱。薄遊渾是感，滿烟水、東風殘照。古調誰彈，古音誰賞，歲華空老。　京洛染緇塵，悠然意，獨對南山一笑。祇在此山中，甚相逢不早。瘦吟心共苦，知幾度、翦燈窗小。何時更、聽雨巴山，賦草池春曉。

甘州

餞草窗歸霅

記天風、飛佩紫霞邊，顧曲萬花深。甚相如情倦，少陵愁老，還嘆飄零。短夢恍然今昔，故國十年心。回首三三徑，松竹成陰。　不恨片篷南浦，恨翦燈聽雨，誰伴孤吟。料瘦筇歸後，閑鎖北山雲。是幾番、柳邊行色，是幾番、同醉古園林。烟波遠，筆床茶竈，何處逢君。

張玉田詞

一萼紅

弁陽翁新居堂名志雅，詞名《蘋洲漁笛譜》。

製荷衣。傍山窗卜隱，雅志可閑時。款竹門深，移花檻小，動人芳意菲菲。怕冷落、蘋洲夜月，想時將、漁笛静中吹。塵外柴桑，燈前兒女，笑語忘歸。　分得烟霞數畝，乍掃苔尋徑，撥葉通池。放鶴幽情，吟鶯歡事，老去却願春遲。愛吾廬、琴書自樂，好襟懷、初不要人知。長日一簾芳草，一卷新詩。

高陽臺

慶樂園即韓平原南園。戊寅歲過之，僅存丹桂百餘株，有碑記在荆榛中，故未有亦猶今之視昔之感，復嘆葛嶺賈相之故廬也。

古木迷鴉，虚堂起燕，歡遊轉眼驚心。南圃東窗，酸風掃盡芳塵。鬢貂飛入平原草，最可憐、渾是秋陰。夜沈沈。不信歸魂，不到花深。　吹簫踏葉幽尋去，任船依斷石，袖裏寒雲。老桂懸香，珊瑚碎擊無聲。故園已是愁如許，撫殘碑、却又傷今。更關情。秋水人家，斜照西泠。

【詞評】

《復齋漫録》（《詞林紀事》卷十六引）：余嘗續張叔夏《高陽臺》詞，不覺爲之再三增嘆。夫花石之盛，莫盛於唐之李贊皇，讀《平泉莊記》，則見之矣。宋之艮岳，即南渡愈盛。而臨安園圃如此者，不可屈指數也。今誰在耶！予爲童子時，見所謂慶樂園，其峰磴石洞，猶有存者。至正德間，盡爲有力者移去矣。

臺城路 送周方山遊吴

朗吟未了西湖酒，驚心又歌南浦。折柳官橋，呼船野渡，還聽垂虹風雨。漂流最苦。况如此江山，此時情緒。怕有鴟夷，笑人何事載詩去。　荒臺祇今在否。登臨休望遠，都是愁處。暗草埋沙，明波洗月，誰念天涯羈旅。荷陰未暑。快料理歸程，再盟鷗鷺。祇恐空山，近來無杜宇。

桂枝香 送賓月葉公東歸

晴江迴闊。又客裏天涯，還嘆輕別。萬里潮生一棹，柳絲猶結。荷衣好向山中補，共飄零、幾年霜雪。賦歸何晚，依依徑菊，弄香時節。　料此去、清遊未歇。引一片秋聲，都付吟篋。落葉長安，古意對人休說。相思祇在相留處，有孤芳、可憐空折。舊懷難寫，山陽怨笛，夜凉吹月。

慶春宫 金粟洞天

蟾窟研霜，蜂房點蠟，一枝曾伴凉宵。清氣初生，丹心未折，濃艷到此都消。避風歸去，貯金屋、妝成漢嬌。粟肌微潤，和露吹香，直與秋高。　小山舊隱重招。記得相逢，古道迢遥。把酒長歌，插花短舞，誰在水國吹簫。餘音何處，看萬里、星河動摇。廣庭人散，月淡天心，鶴下銀橋。

長亭怨 舊居有感

望花外、小橋流水，門巷愔愔，玉簫聲絕。鶴去臺空，佩環何處弄明月。十年前事，愁千折、心情頓別。露粉風香誰爲主，都成消歇。　凄咽。曉窗分袂處，同把帶鴛親結。江空歲晚，便忘了、尊前曾說。恨西風、不庇寒蟬，便掃盡、一林殘葉。謝楊柳多情，還有緑陰時節。

甘州

寄李筠房

望涓涓、一水隱芙蓉，幾被暮雲遮。正憑高送目，西風斷雁，殘月平沙。未覺丹楓盡老，搖落已堪嗟。無避秋聲處，愁滿天涯。　一自盟鷗別後，甚酒瓢詩錦，輕誤年華。料荷衣初暖，不忍負烟霞。記前度、翦燈一笑，再相逢、知在那人家。空山遠，白雲休贈，祇贈梅花。

又

趙文升索賦散樂妓桂卿

隔花窺半面，帶天香、吹動一天秋。嘆行雲流水，寒枝夜鵲，楊柳灣頭。浪打石城風急，難繫莫愁舟。未了笙歌夢，倚棹西州。　重省尋春樂事，奈如今老去，鬢改花羞。指斜陽巷陌，都是舊曾遊。憑寄與、採芳儔侶，且不須、容易説風流。爭得似、桃根桃葉，明月妝樓。

疏影

題賓月圖

雪空四野，照歸心萬里，千峰獨立。身與天遊，一洗襟懷，海鏡倒涌秋白。相逢懶問盈虧事，但脉脉、此情無極。是幾番、飛蓋追隨，桂底露衣香濕。　閑款樓臺夜色。料水光未許，人世先得。影裏分明，認得山河，一笑亂山橫碧。乾坤許大須容我，渾忘了、醉鄉猶客。待倩誰、招下清風，共結歲寒三益。

湘月　賦雲溪

隨風萬里。已無心出岫，浮遊天地。爲問山中何所有，此意不堪持寄。淡薄相依，行藏自適，一片松陰外。石根蒼潤，飄飄元是清氣。　長伴暗谷泉生，晴光瀲灩，濕影搖花碎。濁濁波濤江漢裏，忽見清流如此。枝上瓢空，鷗前沙浄，欲洗幽人耳。白蘋洲上，浩歌一棹春水。

真珠簾　近雅軒即事

雲深別有深庭宇。小簾櫳、占取芳菲多處。花暗水房春，潤幾番酥雨。見説蘇堤晴未穩，便懶趁、踏青人去。休去。且料理琴書，夷猶今古。　誰見靜裏閑心，縱荷衣未葺，雪巢堪賦。醉醒一乾坤，任此情何許。茂樹石床同坐久，又却被、清風留住。欲住。奈簾影妝樓，翦燈人語。

大聖樂　華春堂分韻同趙學舟賦

隱市山林，傍家池館，頓成佳趣。是幾番、臨水看雲，就樹攬香，詩滿闌干橫處。翠徑小車行花影，聽一片、春聲人笑語。深庭宇。對清晝漸長，閑教鸚鵡。　芳情緩尋細數。愛碧草平烟紅自雨。任燕來鶯去，香凝翠暖，歌酒清時鐘鼓。二十四簾冰壺裏，有誰在、簫臺猶醉舞。吹笙侶。倚高寒、半天風露。

【詞評】

《詞律拾遺》卷六：「詩滿」至「庭宇」與後「歌酒」至「笙侶」同此調，比萬氏所收草窗一百八字體，後第五句多二字，前後三字俱叶，較爲整齊。前第七句亦七字，正與「冷落錦衾人歸後」同。可證萬氏訂正之精。其用去聲，除「有」字外，俱與草窗吻合，可見詞非易作也。

瑞鶴仙

趙文升席上代去姬寫懷

楚雲分斷雨。問那回、因甚琴心先許。匆匆話離緒。正花房蜂鬧，著春無處。殘歌剩舞。尚隱約、當時院宇。黯消凝、銅雀深深，忍把小喬輕誤。

休賦。玉尊別後，老葉沈溝，暗珠還浦。歡遊再數。能幾日、採芳去。最無端做了、霎時嬌夢，不道風流恁苦。把餘情、付與秋蛩，夜長自語。

祝英臺近

重過西湖書所見

水西船，山北酒，多爲買春去。事與雲消，飛過舊時雨。謾留一掬相思，待題紅葉，奈紅葉、更無題處。

正延佇。亂花渾不知名，嬌小未成語。短棹輕裝，逢迎段橋路。那知楊柳風流，柳猶如此，更休道、少年張緒。

戀綉衾

代題武桂卿扇

一枝凉玉歛路塵。下瑶臺、疑是夢雲。怕趁取、西風去，被何人、拈住皺裙。

温柔衹在秋波裏，這些兒、真個動心。再同飲、花前酒，莫都忘、今夜夜深。

甘州

趙文叔與余賦別十年餘。余方東遊，文叔北歸，況味俱寥落。更十年觀此曲，又當何如耶。

記當年、紫曲戲分花，簾影最深深。聽惺忪語笑，香尋古字，譜掐新聲。散盡黃金歌舞，那處著春情。夢醒方知夢，夢豈無憑。幾點別餘清淚，盡化作妝樓，斷雨殘雲。指梢頭舊恨，豆蔻結愁心。都休問、北來南去，但依依、同是可憐人。還飄泊，何時尊酒，却說如今。

【詞評】

俞陛雲《唐五代兩宋詞選釋》：畫簾語笑，處處春情，但皆藉黃金之力，金盡安有春情，乃閱歷之談。明知是夢，而夢實有憑，筆意曲而能達。下闋「别淚」三句，凄清而艷雅。但此爲送友而作，觀「同是可憐人」句，則殘雲斷雨，皆屬寓言。上闋既云春情無著，安有紅巾别淚耶！結句盼尊酒重逢，即唐人巴山話雨之意。

浣溪沙

犀押重簾水院深。柳綿撲帳晝愔愔。夢回孤蝶弄春陰。乍減楚衣收帶眼，初勻商鼎熨香心。燕歸摇動護花鈴。

菩薩蠻

蕊香不戀琵琶結。舞衣折損藏花蝶。春夢未堪憑。幾時春夢真。愁把殘更數。淚落燈前雨。歌酒可曾忺。情懷似去年。

四字令

鶯吟翠屏。簾吹絮雲。東風也怕花瞋。帶飛花趕春。鄰娃笑迎。嬉遊趁晴。明朝何處相尋。那人家柳陰。